모란이 가면 작약이 온다

신은숙
1970년 강원도 양양에서 태어났다.
2013년 『세계일보』 신춘문예를 통해 시인으로 등단했다.
시집 『모란이 가면 작약이 온다』를 썼다.

파란시선 0074 모란이 가면 작약이 온다

1판 1쇄 펴낸날 2020년 12월 20일
지은이 신은숙
디자인 최선영
인쇄인 (주)두경 정지오
펴낸이 채상우
펴낸곳 (주)함께하는출판그룹파란
등록번호 제2015-000068호
등록일자 2015년 9월 15일
주소 (10387) 경기도 고양시 일산서구 중앙로 1455 대우시티프라자 B1 202호
전화 031-919-4288
팩스 031-919-4287
모바일팩스 0504-441-3439
이메일 bookparan2015@hanmail.net

ⓒ신은숙, 2020, printed in Seoul, Korea

ISBN 979-11-87756-87-3 03810

값 10,000원

모란이 가면 작약이 온다

신은숙 시집

시인의 말

비가 내리고 잎들이 진다
바람이 불고 구름이 흩어진다
재스민이 가고 수국에 단풍 든다
늦봄과 초여름은 다른 피부다
오월엔 모란, 유월엔 작약으로
모란이었던 엄마,
그 나무 그늘 흔들리며 피는 작약 한 포기
슬픔이 한 생을 복기하는 순간
아무도 기억 못 하는 쓸쓸을
새삼 쓰다듬는다

차례

시인의 말

제1부

그 여름 능소화

꽃이 벽지(僻地)에서 피는 것은 벽지(壁紙)거나 벽화(壁畵)이고 싶어서, 벽은 꽃이 있어 세상이 되고 천지를 메운다 초록 꽃을 본 적 있는가 꽃은 살아남기 위해 완벽 대비를 꿈꾼다 신음하는 벽 불타오르는 벽 마침내 오르가슴에 도달한 벽 어디선가 딸꾹질하는 새가 볕뉘 사이로 엇박자를 세다 튕겨 나가는 오후 저곳에 소(沼)가 있을까 발목으로 건너다 가슴부터 빠져 버리는 붉은 늪, 벽은 칠하기 좋은 유혹을 가져서 나는 한 손으로 심장을 꺼내 던져 버린다 심장을 바른 벽 아무도 모르게 나 혼자 앓다 가는.

꽃이 벽지(僻地)에서 지는 것은 벽지(壁紙)거나 벽화(壁畵)이고 싶지 않아서, 환상통은 이미 만발하고 귀는 존재의 가려움을 참을 수 없다 아파트 계약서에 인감 대신 지장을 꾹 눌러 찍을 때 벽지(擘指)엔 붉은 꽃물이 들었다 늪으로 걸어가는 여름 내내 꽃은 지지 않고 벽을 타고 흘러내렸다 벽지(壁紙)를 새로 바르면서 꽃은 비로소 마음의 골방을 벗어났다 그 여름 내내 붉었던 울음 숭어리들.

ㅁ의 이유

커다란 창문. 빗금 그으면 출구 없는 감옥. 가로지르면 당신의 체크 남방. 온기가 남아 있는 커튼. 달콤한 말이 고 개를 드는 곳. 입의 다른 모스부호. 막대자석. 철과 모래. 끝없는 사막. 어린 왕자가 그린 양. 굴러가지 않는 바퀴. 도서관 칸막이. 자취방 모서리. 드러누워 하늘을 봄. 봄이 가는 창문. 당신의 편지. 눈물은 사선. 체크는 금물. 있음. 없음. 신음으로 빚은 음표. 노래는 창문의 힘. 우울이 깊으 면 우물이 되고 #이 되고 태그 타고 기분도 반올림. 감정 을 먹고 자라는 받침들. 든든한 버팀목. 현재진행형. 미움 과 마음을 오가는 한 모금. 미음(米飮)으로 왔다가 미음(微 音)으로 끝나는 숟가락. 병실 창밖엔 비.

모란이 가면 작약이 온다

나는 작약일 수 있을까,

문득 작약이 눈앞에서 환하게 피다니
거짓말같이 환호작약하다니

직박구리 한 마리 날아간 허공이
일파만파 물결 일 듯
브로치 같은 작약 아니
작약 닮은 앙다문 브로치 하나
작작 야곰야곰 피다니

팔랑, 바람이 불어올 때마다
작약은 귀를 접는다
그리운 이름일랑 죄다 모아
저 귓속에 넣으면
세상의 발자국도 점점 멀어져
나는 더 이상 기다리는 사람이 되지 않으리

산사에 바람이 불어
어떤 바람도 남지 않듯

히말라야시다

나무는 그늘 속에 블랙홀을 숨기고 있지

수백 겹 나이테를 걸친 히말라야시다 한 그루
육중한 그늘이 초등학교 운동장을 갉아먹고 있다

흰 눈 쌓인 히말라야 갈망이라도 하듯 거대한 화살표
세월 지날수록 짙어 가는 초록은 시간을 삼킨 블랙홀의
아가리다

빨아들이는 건 순식간인지도 모르지, 그 속으로

구름다리 건너던 갈래머리 아이도 사라지고
수다 떨던 소녀들도 치마 주름 속으로 사라지고
유모차 끌던 아기 엄마도 사라지고
반짝이던 날들의 만국기, 교장 선생님의 긴 훈화도 사라
지고

삭은 거미줄 어스름 골목 지나올 때
아무리 걸어도 생은 막다른 골목을 벗어나지 못할 때
부싯돌 꺼내듯 히말라야시다 그 이름 나직이 불러 본다

멀어도 가깝고 으스러져도 사라지지 않는 그늘이 바람
막는 병풍처럼 그 자리에 우뚝 서 있다

　해마다 굵어지고 짙어지는 저 아가리들
　쿡쿡 찌르고 찌르면 외계에서 온 모스부호처럼 떠돌다
가는 것들
　멍든 하늘을 떠받들고 선 나무의 들숨 속으로 빨려 들어
간다

　삼켜지지 않는 그늘 속엔 되새 떼 무리들
　그림자 하나씩 물고 석양 저편으로 날아오른다

묵호

언덕과 바다가
내외처럼 낡아 가는 동네
언덕 꼭대기 집어등 닮은 쪽창들
간밤 수다를 토해 놓으면
아침 바다 윤슬이 노래로 다독인다
어깨가 내려앉은 논골담
고샅엔 수국이 한창이고
폐가 담쟁이는
마당을 지나 지붕까지 힘줄을 엮는다
살아 푸른 건 거기까지
나폴리도 여기선 다방을 차리고
극장은 종일 필름을 돌려도
'돌아온 원더 할매' 혼자서 웃고 있다
모퉁이 돌면 고래가 쏟아지고
허공이 따르는 막걸리에 목을 축인다
오징어는 담벼락에서 빨래처럼 말라 가고
묵호야 놀자 했더니 용팔아 이눔 쉐끼
어매 빗자루가 날아온다
페인트칠 벗겨진 벽화들마다
마음이 펄럭인다

묵묵히 기다림의 자세로 눈먼
저무는 등대에 기대 바다를 보면
떠난 애인은 다 묵호여서
눈 감아도 묵호만 보이고
그 이름 부르면 비릿한 멀미
다시는 못 갈 것 같은 묵호

곁

경포호 둘레를 따라 걷는다

바람에 우는 비닐봉지 부서진 난간 노 잃은 나룻배 고개 꺾인 갈대들 산발한 버드나무 누군가 버리고 간 신발 한 짝 계절을 잊고 핀 개나리 지금은 겨울인데

호수는 아득히 밀려나고 한눈팔기 좋은 곁이 있다는 건 무뚝뚝한 길에서 벗어난 한없는 소곤거림

내 곁에 무엇이 있어 내가 되었던가
앞으로 나아가지만 끝내 구부러지고마는
무성한 곁들 아무렇게나 가지 뻗고 휘청거릴 때

눈발은 풍경 밖에서 흩날리고
입을 다문 호수는 푸르기만 하네

호수 한 바퀴 돌다가 혼자가 아닌 모든 곁들
눈을 달아 주고 오래 바라보는 일

멀어져야 보이는 곁이 있다

우기

　먹구름의 종양이 한꺼번에 짓물렀지 TV엔 강이 불어난 허리를 감당 못 해 사람과 집이 떠내려갔다는 뉴스가 반복되었지 우기를 욱여넣고 세탁기를 돌리는 밤 빨래를 널기 위해 빨래를 걷었지 내 일은 내일이 와도 끝나질 않아 우중충 날씨가 벌레 같았지 다장조의 삶이 지루해서 라단조로 노선 바꾼 우기는 웃기를 거부하지 나를 웃게 하는 건 여당도 야당도 아니야 뭐든 적당이 좋은데…… 묵음을 가르는 지느러미들이 몰려왔지 소들이 살기 위해 절로 헤엄쳐 갔다는 뉴스는 오십 일 만에 뜬 해보다 낯설었지 종양을 털어 낸 구름들 깃털처럼 가벼워져 울랄라 흐르고 음모라 우기는 깃발들이 우르르 쾅쾅 광장으로 쏟아져 나왔지 어제의 빛은 빛이 아니라는 듯 광장은 혼곤한 잠에 빠져들었지 자꾸만 빛이 새는 구름들의 허기를 지나왔지

오심(五心)

삼각형은 생각한다
끝이 뾰족한 건 기도를 하기 위해서다
가자 지구 피라미드는 신에게 닿으려는
거대한 욕망이다

삼각형은 거슬러 흐르지 않는 물이다
물은 근심을 좋아해 수심(愁心)이 깊다
안으로 소용돌이치는 습성이 있는데 그걸 거스르는 이들
은 수심(水深) 속으로 빨려 들어간다

삼각형은 결코 무너지지 않는다
왜냐면 중심을 고요히 유지한 채
마음이 다섯 개나 되기 때문이다
안에도 밖에도 마음이 있고
치우치지 않는 뚝심이 그를 지탱한다

삼각형은 말이 없다
수심(愁心)에 잠기지 않고 방심(放心)하는 법이 없다
배의 돛은 주문으로 펄럭인다 깃발과 지붕, 산도 메타
세쿼이아도

삼각형은 서로 만나 별이 된다
우주를 향해 반짝이는
별의 파편이 강물 위에 부서져 내린다

●삼각형의 내심(內心), 외심(外心), 무게중심(-中心), 수심(垂心), 방심
(傍心)을 오심(五心)이라고 한다.

홀로그램

무지개 대신 홀로그램을 주세요
쓰러진 나를 일으켜 주세요
어서 들어와 간섭해 주신다면
나의 사차원 미래를 담보로 드릴게요

무지개는 겨울 왕국에나 살라지
진화하는 홀로그래피는 영혼도 압축할 수 있어요
내가 오래전 당신인 듯 당신이 오래전 나인 듯

시디 케이스의 오르골이 고개를 젖히는 밤이면
굳은 관절로도 얼마든지 춤출 수 있어요
오오 눈부신 빛 무지개 밟고 일어선다네
나는 홀로 앉아 홀로그램을 만들어요

굴절은 눈의 잘못이 아니에요
낙심한 당신 레이저 빔 한 벌 맞춰 줄까요?
섬섬옥수 홀로그램
나와 함께 춤을 추지 않을래요?

춥고 기나긴 밤은 실타래처럼 풀려나와

우리의 이상은 허공을 딛고 피어올라요
안심을 착지하는 눈꺼풀은 완벽하다네
나는 홀로 앉아 홀로그램을 꿈꾸어요

있고도 없는 홀로그램
찻잔 속 태풍의 눈처럼
아무도 모르게
한생을 관통하는 번개처럼

하지 꼬리 잡기

핀란드에 가 보고 싶었지 자작나무 수피에 불 밝히는 순록의 땅 핀란드, 산타는 오지 않고 굴뚝만 기다리는 방구들에 누워 북유럽 동화 읽으며 백야를 상상했지 오르골처럼 생각이 피어나는 밤 저 오로라는 누군가의 슬픔에 핀 멍 자국일 거야 중얼거리는 밤

어제는 하지였지 백야를 볼 수 없다면 하지를 택할래

푸른 잎맥 뒤척이며 그리워할 수 있는 햇빛 가득한 시간들 비타민처럼 아껴 먹을 거야 어두워지는 건 싫어 점점 구덩이 속으로 걸어 들어가는 게 운명이라면 더 반짝이고 싶어 영원히 시들지 않는 당신을 열망하듯, 어둠을 잘라 먹어 빛이 길어지면 이기는 꼬리잡기 놀이 하지 않을래? (자, 가위바위보)

창백한 핀란드가 좋았지 파르르한 시로미 숲, 사시나무의 떨림, 눈의 보호색 자작나무들, 냉정한 당신이 좋았지 멀리서만 바라볼 수 있으니까 오로라처럼 왔다가 신기루처럼 사라질 수 있어서 당신은 밝음이고 나는 어둠이어서 꿈은 짧을수록 깨어나기 좋아서

무작정 하지가 좋았지 하지에 돋아나는 핀란드의 오,
소소소소오름이 좋았지

당근

한없이 나를 당기는 말이 있다

나를 사랑해? (백마가 말했다)
당근
보고 싶었어?
당근

내가 당근을 고백하자 눈부신 말들이 쏟아졌다 달리는
말들 히잉히잉 바람이 불어 그에게 달려갔다

사랑하니까 헤어져 당장
말도 안 돼
당근
벼락은 자유야
당근

아이들은 오지 않고 당근마켓에 책장 팔고 책들 팔고 교
습소도 내놓으니 수시로 근심이 말을 걸었다

이제 뭐 하지?

노을 사고 자전거 사고 게으름도 살 거야
당근 바로 그거야

시도 때도 없이 울리는 주머니 속 당근 그러나 애인도
없이 당근만 기다리는 고독 너머 중독, 더 이상 말 밥이 아
닌 당근에 대하여 허기를 지나 목구멍 너머 무엇이든 끄
덕이게 하는 마음에 대하여

만삭

달빛을 뜯어
소리가 나는 비파를 만들고 싶었지

뜨락에서 한가위 달을 보았어
잎사귀 사이로 떠오르는 달
검은 늑대가 우우 쉰 목을 풀었지

차고 더부룩한 밤들이 묵직하게 가라앉을 때마다 환약
처럼 달을 꺼내 삼켰어
목 안에 차츰 잎사귀가 돋기 시작하는 거야
목젖을 뚫고 올라오는 줄기들

그런 날은 더 파래, 파랗게 질리는 밤
질식을 뚫고 달이 튀어나왔어
텅 빈 밤이었지 하늘을 쳐다보았어

나는 저 달을 다시 채집할 거야

눈 감으면 하얀 산모롱이, 먼저 간
아기의 얼굴이 점점 부풀어 오르지

간절하면 안 돼, 어둠이 길을 먹고 있어
달무리들이 쫓아오기 전에 어서 달아나야 해

페이드아웃

택시를 불러 줘 블랙 코로나로

미켈란젤로 광장으로 가 주세요 아무도 울지 않는 곳으로

계단은 노을을 보기 공평한 최적의 장소야 앉고 서고 뒹굴고 노래 부르고 범람하는 자유를 즐기지 피렌체의 태양은 예술적이야 해가 두오모 성당 지붕 너머로 떨어질 때 도시의 실루엣은 붉은 코로나를 타고 이글거리지

너는 뛰어가 맥주를 사 왔지 우린 계단에 앉아 코로나 엑스트라를 높이 들어 건배했지 투명한 병 속으로 뛰어드는 햇덩이를 포획했어 햇덩이 안주 상상이나 해 보았니 다시 오자고 맹세할 때 수많은 뒤통수들이 일제히 환호성을 질렀어

억울해하지 마 택시여 불꽃이여 맥주여 다만 불리다가 사라지는 것들 내 안의 바이러스인 당신조차도 페이드아웃, 울지 마 미켈란젤로여 벌거벗은 예술은 왕관을 필요로 하지 않아 우리는 뿔뿔이 흩어져 택시를 타고 각자 집으로 가는 중이지

사라짐에 대하여

살아진다는 말은 사라진다는 말

너 없이 살아진다고 썼는데 사라지는 나를 보았다
그때 나의 무게는 고작 21그램
돌아갈 별이 있다는 것은 돌고 도는 우주의 셈법
사라진다는 말은 살아진다는 말의 입버릇

노을이 사라지는 발코니에 매달려
소멸이 왜 아름다운지
개와 늑대의 시간엔 한 번쯤 짐승으로 돌아가
어둠이 사라질 때까지
울음만으로 완벽한 득음의 귀였다가

너 없이 살아질 동안
사라지는 나는 너의 다른 얼굴

견딘다는 말은 이유도 모른 채 태어난 이유
아직은 바라볼 별빛이 있다는 말

자꾸 태어나는 마트료시카들

제2부

일어나라 보풀

보풀은 일어난다고 한다
보풀이 보푸라기가 될 때까지 나달나달해질 때까지
닳는다는 말의 저편에 다시 일어서는 보풀들

거스러미는 돋는다고 한다
손톱을 매만지다가
아프다는 말의 저편에 문득 돋아나는 거스러미들

무신경의 극치 바다엔 녹조라떼
내 안의 녹이 슬어 혀가 굳고 피가 돌지 않는 나날들
라떼를 마시다가 사라지는 거품을 바라보다가

물끄러미 새해가 밝았다 해는 어제도 그제도 밝았는데
내 속의 절벽이 새벽을 마주하고
새해는 새가 붙여 준 이름일까 철새도 철드는 게 싫다
는데

미세 먼지 짙은 겨울을 너는 지나가고 있다
자욱한 강바닥을 다 걸어야 봄이 기침을 하듯
이 계절에 어울리지 않는 보풀인 채로 나는

약국과 꽃밭

약국 간판을 보면
왜 마약이 떠오르는지 모르겠어요

난 꽃밭을 보면
마약이 떠올라
슬픔도 중독이거든

그런 점에서 약국과 꽃밭은
서로 동격이다

접힌 꽃잎 열 듯
약 싼 종이를 펴서 싹싹 핥았다
아픈 게 부럽던 철부지

아버지는 조금만 아파도 약국으로 가지만
폐에 꽃피는 암을 몰랐다

양귀비 축제에 가면 속이 울렁거린다

양귀비는 위독을 모르고

링거액은 연명을 모르고

장미, 장마

장미에서 가시를 훑자 장마가 왔다
아름다움의 비밀은 손톱에 있음을
줄기에서 끊임없이 물이 흘러내린다
날을 세우던 가시들은 흩어지고
장미는 이내 온순해진다

장맛비가 내린다
장미라 부르고 싶은, 비가 오는 창가에 기대
젖은 어깨 감싸듯 고요히
장미로 피어나는 물수제비들 따라
당신이 건너오고 있다

발목을 젖지 않고는 건널 수 없는 시간
벽을 타고 오르는 가시덩굴들

유리창에 떨어지는 물방울 개수만큼
솟구쳐 오르는 말이 있다
가시를 삼킬수록
울음 끝 긴 날들이 있다

추전역

고도가 높다는 건
적막해지는 일
싸리밭 마루에서 건너편
바람의 언덕을 바라보는 일
마음에도 선풍기 같은 날개가 돌고
이 고장은 더울 일 없어
눈이 시린 단풍과
발목 시린 적설과
봄도 여름도 없이 두 계절만 머무는 일
한때 겨울이었던 아버지를 만나
검은 강물에 띄워 보내는 일
아버지도 작은아버지도
흩어져 새털구름이 되는 일
역무원이 물러서라고
곧 광차(鑛車)가 온다고
철로는 녹슬어도 목소리는 쩌렁한데
고도가 높다는 건
귀보다 마음이 먹먹해지는 일
지나간 바큇자국 따라 싸리꽃
버짐 같은 얼룩들 피어난다

은하미장원

눈 내린 사북 거리

미용사는 일찍이 은하로 떠났는지
흰 슬레이트 검은 페인트 간판 하나
허공을 붙잡고 있다
사북 거리는 온통 간판만 운행 중이다
시몬이발소도 시몬이 떠난 지 오래다

빠마 고데 신부화장
벗겨진 선팅지 너머
꼬불거리고 빛나는 머릿결 쓸어 올린
눈 같은 신부가 앉아 있다
푸른 눈두덩 새빨간 입술
안개꽃 드레스 입고 웃고 있다

신부는 아직 사북에 남았을까
탄가루 날리는 봄
멀리 우는 함백역
기적 따라 떠났을까

미용실도 헤어숍도 아닌 미장원
가위 소리 사라졌어도
검고 흰 기억들만 교차하는
사북 거리

나도 한때 푸른 은하였다

광차는 달린다

본 적 없는 광차(鑛車)를
해발 850미터 추전역에서 만난다

고요 한 평 베고 열반에 든 광차
샛노란 머리 위엔 검은 안테나
안드로메다로 떠난 이들의 안부를 타전한다

노랑의 혈관을 지나오면
말랑해지고 컴컴한 몸체에 온기가 돈다
봄엔 민들레 영토였다가
여름엔 소나기 취객을 태우고
석양이 젖은 가랑잎 데우는 가을을 지나오면
솜이불 한 채
열린 몸 가득 계절을 받아 내는 광차

그 앞에 서면
내 몸도 어둑한 갱도가 되고
열한 살 빠져나온 광산
풀풀 먼지 날리며 아버지
본 적 없는 꿈속으로 걸어온다

쩡쩡한 철길은 어디로든 열려 있고
늙는 법이 없는데
가서 돌아오지 않는 사람들

오늘도 광차는 달린다

서랍 바다

설악 바다에 와서
서랍을 떠올리네
좋았던 시절은 다 서랍에 있네
칸칸이 꽃피고 살림하느라
반짝이는 서랍들

풍랑 이는 바다를 보지 못했네
밀치고 당기다가
튕겨 나간 못과 생채기들
서랍째 바다에 버렸더니
도로 떠올랐네

섬이라는 혹
너라는 참혹

바다도 서랍과 같아서
밀고 당기는 일이 숙제와 같아서
한 생이 지나가면 다른 생이 오듯
가만히 등을 쓰다듬는 파도라는 큰 손

설악 바다에 와서
나를 열어 보네
칸칸 서랍마다 부릅뜬 눈알들
왜 바다를 보면 작아지는지
모래알처럼 부서져 내리는지

향기는 누가 데려갔을까

봄이 시켜서 꽃이 피었다
바람이 불어서 꽃잎이 날렸다

착한 꽃들이 피었다 졌다
그해 봄꽃들
벌들이 날지 않았다

향기는 누가 데려갔을까

바람이 모른다 하였다
구름이 시치미 뚝
허공 속을 흐르고 있었다

꽃이 피는 건 봄이 시킨 일
벌이 나는 건 향기가 시킨 일
네가 보이지 않는 건 알 수 없는 일

세월은 누가 흐른다 했을까

향기를 잃은 꽃들

무더기 조화(弔花)로 피고
매달린 리본 끝
노란 나비가 날았다

심장이 시켜서 꽃잎이 붉었다
가슴이 시켜서 해일이 일었다

코스모스라는 별

감은 눈 속으로
별들이 쏟아진다

고향이라는 우주
그 심연에 피는 씨앗들

잊혀져 가는 들녘
걷는 이 드문 길섶마다
누군가의 등을 향해 피는 코스모스

기다림은 등의 빛깔일까
오래전 앓아누운 시골집
가슴은 비워 내고 등만 키웠다

흔들리는 핏줄
여린 줄기 사이로 와락,
별들이 진다

울기 좋은 나무

강둑에 나무가 서 있다 그 앞에만 오면 울음이 나온다 울음은 아무 때나 나오지 않고 해 질 녘이 적당하고 꼭 혼자여야 한다 도시를 빠져나와 벚꽃의 소란을 지나오면 강둑 막다른 끝에 그가 있다

가지에 새들이 와서 운다 합창은 울음을 둥글게 뭉치는 힘이 있다 울음은 명랑의 다른 이름이다 신이 사막과 강을 같이 만든 이유다 영원히 발굴되지 않는 유물이다 물관를 타고 전해지는 뿌리의 습한 유전자다 슬픔에 눈 밝은 이가 알아보는 전매특허다

나무에 이르러 한바탕 울고 나면 어찌할 수 없는 건 어찌할 수 없는 것이 된다 나무가 눕지 않고 생을 버티는 이유도 알고 보면 다 나 때문이다 나를 나무라지 않는 나무는 나를 근심하는 나무는 해 질 녘 나무는 울기 좋은 나무는 이름도 없이 그렇게 서 있다

샤콘느

법천사지 탑비 앞
합장 마친 바이올리니스트
활을 든다

무관중 콘서트
몰래 깃든 관중은 나만이 아니다

폐사지 가득 민들레, 연꽃 바람개비들
주춧돌과 새털구름 저만치 홀로 늙은 느티나무
지광국사와 부처님도 관중으로 오셨다

슬픔이 강처럼 흘러가고
무심이 빛나는 오후
보이는 멜로디도 아름답지만
보이지 않는 멜로디는 더욱 아름답다

부처님도 울고 싶은
부처님 오신 날에

●보이는 멜로디도 아름답지만 보이지 않는 멜로디는 더욱 아름답다:
존 키츠.

선운사

무심한 그대
금계국이 가꾼
시간의 금줄을 타고 오시라

진흥왕 처소 지키는
반송은 천년을 못다 한 노래
사금파리 같은
햇살의 시제가 눈부시다

오르고 또 오르면
무량한 바다 빛으로
출렁이는 손짓들

내 심장은
바람의 집
초록의 법문은
부치지 못한 편지의 겉봉처럼 아리다

한나절을 달려와
풍경 소리 앞에 엎드려 울먹이는

개울물 소리

그대 아는지
산그늘 더 깊어 가는 뜻

春川은 흐른다(feat. cafe, 1989)

　　보고싶은친구 내너를부르면 노을이지는창 오렌지향은
바람에흩날리고 언덕배기 돌은구르지않으려고애쓰는걸까
겁쟁이사자 청솔밭흰사슴 숲속의빈터 데이트라인 hunter
흙과두남자 거지와천사 러브스토리 마주보기 시간이에요
너와나의하늘 작은천국 좁은문 달리는기차바퀴가대답하
려나 기찻길옆오막살이 겨울나그네 못갖춘마디 3과4분의
3 빛의공간 이디오피아 홀로서기 어린왕자 필름창고 영
타임 가시나무새 바라 씨줄과날줄 추억만들기 전람회 갤
러리 린덴바움 섬 에델바이스 소리창고 아트포인트 저문
강에삽을씻고 보헤미안 제임스딘 비탈에선카페 무제 그
리고 Be

　　春川은 흐른다 푸른 아지랑이 봄내 언덕 아직도 春川인
채로

절정

숲이 단풍잎을 낳고 있다

얼마나 힘을 주었는지

발가락 끝이 다 빨갛다

가지취의 내음

　읍내 소재 ㅎ중학교에 강의하러 갔다 교사에게 컴퓨터 잠금 화면 비밀번호를 물으니 '가지취의 내음'이라고 했다 가지취의 내음이라니 순간 알 수 없는 나물 냄새가 자판 손가락 사이로 훅 끼쳐 오는 것이다 자판 두드리는 손 위치만 보아도 번호를 추리하는 비범한 녀석들 덕분에 가지취의 내음이 난독을 풍긴다 백석 같은 선생님과 가지취 같은 파릇한 아이들이 한데 어울려 숨바꼭질하는 교실, 학교 폭력 예방 강의는 애초에 어울리지도 않는 소음이라는 걸 버벅거리는 발음에도 까르르 웃어 주는 새순들 앞에 선 속세의 얼굴이 불경처럼 서러워졌다

●불경처럼 서러워졌다: 백석, 「여승」.

제3부

접시꽃이 꼬꼬댁

봄 **타**는 나, 계 **타**면 꽃구경 가야지, 화장실 천정이 새
버리고 배신엔 **타**이레놀, 호랑이 연고는 만병통치약, 빨
간약을 바르면 접시꽃이 꼬꼬댁 우는 오후

창문을 열면 모서리가 피어난다

아버지 봉급 **타**는 날 돼지고기 한 근 사다 제육볶음 해
주던 엄마에게도 설레는 시절 있었을지 뒷모습이 자꾸만
둥글어지는 엄마, 아버지는 진작 둥글어져서 봉분이 되었
고 가끔 부끄럼 **타**는 노을 손잡고 내려오신다 먼지 **타**는
뽀얀 길 광산은 숯처럼 **타**올라 터만 남았고 사택도 분교
도 이웃들도 연기처럼 흩어진 봄날 채송화도 칸나도 이
글거리는 덩굴장미도 안녕 불**타**는 신작로 사이로 아이들
이 내달리고 있다 얼음배 **타**고 바위 **타**고 놀던 아이는 커
서 봄날 겹겹의 꽃들은 어디 피었을까 골몰하는데 어디선
가 바람을 **타**고 들려오는 '아,사아,랑은 **타**,아,버린 부울,
꽃……' 기억의 변주곡이 뽕뽕 두더지를 **타**고 와서는

한계령

내 얼굴은 철없는 홍조인데
당신은
검버섯 버덩 얼굴을 하고 있다

내 가슴엔 작은 둔덕 하나 버거운데
당신 가슴엔 온통
비바람에 깎인 절벽들

수화기 너머 당신 목소리는
애써 맑은데
찾아가면 흐린 날 무릎처럼
산이 울고 있다

사는 일로 춥고 덥고
헝겊 같은 마음이 나부낄 때
예보만 믿고 덜컥 고개를 오르면
미쳐 버리고 싶은 이 봄날 아는지
비였다가 눈이었다가 진눈깨비였다가
하얗게 똬리 튼 실뱀이
바퀴에 감겨 따라온다

엄마의 전생을 넘어간다

소리들

구름이 유산균처럼 부풀어 올랐다 발효된 구름을 풀빵처럼 찍어 냈다 말랑말랑한 소리들이 구워져 나왔다

키 작은 구름이 까치발로 기웃거리는 다락방엔 빨간 표지 동화책 한 질 오도카니 앉은 소녀가 밥 먹는 일도 잊고 또륵또륵 책장 넘기는 소리

엄마는 아팠고 할머니는 굿을 했다 색색의 천이 너울거릴 때마다 쩔렁거리던 무당의 방울 소리, 체한 배를 잡고 끙끙거리면 아랫목에선 누런 청국장이 떴다

근심이란 해도 해도 자라나는 것 물만 주어도 쑥쑥 자라는 시루 콩나물들처럼 한 단씩 묶어 시장에 갖다 주면 심부름 값으로 십 원을 받았다

볕 좁은 구멍가게에 종일 코 묻은 동전들이 쌓였지만 가게의 구멍은 좀처럼 넓어지지 않았다

흐린 날 엄마는 찜통 가득 술빵을 쪘다 엄마 몰래 막걸리를 홀짝거렸다 빙글빙글 도는 소리 속으로 달콤 쌉싸름

한 허기가 몰려왔다

구름 속 소리들이 하염없이 부풀어 올랐다

00시 30분

하루가 닫히고
또 하루가 열리는 시간
어둠이 셔터를 내리면
대책 없는 마음 한 칸
서둘러 야간열차 타고
동쪽으로 달려간다
여럿이 오면 한 번도 보여 주지 않던 해의 민낯
혼자 오면 붉은 심장 꺼내 보여 주는
저 바다에게 묻는다
정각에서 밀려나
한 발 늦은 생은 어디서부터 시작인지
알알이 쌓이는 모래
시계는 뒤집히려고 그 자리에 서 있다
캉캉 춤추는 파도
바다는 끔벅이는 눈꺼풀을 가졌기에
한순간도 졸지 않는다

아껴 먹는 밤처럼
아껴 쓰는 밤이 있다

00시 30분엔 플랫폼에 가야 한다
청량리발 강릉행 기차 타고
목적지는 다음 생이다

바다에 귀 하나 내어 주고

기억이 식성을 좌우한다는 걸 알고 있니?

물미역과 톳 지누아리 섭국 심퉁이 이런 걸 호명할 때
바다는 불쑥 쳐들어오지 나는 대책 없이 어린 섬이 되고
말아 따개비 조개껍질 엮어 목걸이 만들고 모래성 쌓다 지
치면 엄마를 기다리지 함지박 가득 펄떡이는 지느러미 이
고 오는 짭조름한 엄마, 비릿함은 내 유년의 자양분

기억나니? 섬에게서 파도가 달아나는 소리 귀가 어두울
수록 식성도 멀어져 가는 밤 여기서 먼바다면 좋겠어 태
평양? 인도양? 지중해? 갈 수 없다면 여수 앞바다는 어
때? 거기서 사나흘 파도 소리로 살 수 있다면 바다에 귀
하나 내어 주고 오동도 붉은 동백 심장 소리를 듣다가 저
물 수 있다면

바다는 자꾸만 나를 당기네 범람하는 입맛들 권태에 절
은 자반은 안녕, 생태 눈알 같은 여수 밤바다 별들 콕콕 가
슴에 박혀 빛나는 눈동자만 외따로이 자라나는 저 집어등
같은 귀 밝은 바다

오월에 내리는 눈

안경 너머 나를 바라보던 당신
그땐 몰랐다 안경 벗어야 더 잘 보이는 눈에 대해 마음
에 대해

오늘 안경 너머 흐린 당신이 보인다
활자들이 안 보일수록 머릿속은 하얗고
당신이 잘 보일수록 이별은 캄캄하다

별들은 얼룩지고
모든 달은 보름달 뭉텅이고
풀벌레 울음이 둥글다

눈은 장식이고 귀는 동굴이 되어 간다

창문 앞
밝은 눈을 가진 버드나무 한 그루
훌훌 머리채를 흔들고 있다

오월, 눈이 뿌옇게 온다

엄마는 봉다리라 불렀다

엄마의 봉이었고 다리였던 검은 봉지
한때 구멍가게를 지탱하던 엄마의 봉다리
차곡차곡 귀 접고 모셔 두었다가
새 봉지 대신 손님에게 내어 줄 때

그깟 봉지 얼마나 한다고

엄마의 봉다리가 늘어날 때마다 볼멘소리도 커져 갔다
구멍 속에 던져 불사르고 싶던 봉다리들 아지랑이가 너도
놀고 싶지 속삭일 때 가게에서 몰래 울던 열두 살 어느 날
불쑥 봉다리가 말했다 너를 키운 건 팔할이 봉다리였다고
이후 나는 봉 대리도 되지 못했으나 엄마의 봉다리들 끈
질기게 살아남아

엄마라는 보살이 거기 있어

고향 다녀오면 바리바리 봉다리
여전히 죽지 않는 봉다리
장터에서 웃다가 마트에서 눈치 보는 봉다리
언젠가 사라질 운명 같은 상복들

곧 썩지 않는 미래가 당도할 것이다

낙산상회

그는 사막의 얼굴을 하고 있다

낙산 바닷가 도로 안 골목
검버섯은 담벼락 틈새마다 피어 있고
창문은 스치는 바람에도 기침을 한다
대문의 파도는 푸석거리는 문짝을 때린다

아그파 필름 빛바랜
간판만 살아남은 낙산상회
필름도 상회도 디지털에 쓸려 가고
유행처럼 번진 벽화는 부활을 꿈꾸지만
텅 빈 내장의 허기를 달랠 수 있을까

한 발 내디디면 횟집 모텔 게임방
불야성 호객은 날로 번창하는데
아무것도 팔지 않는 낙산상회

새시 문 고인 어둠이 파랗게 질려 있다

의기양양

　중국엔 쇼트트랙 선수 양양이 있고 해 돋는 양양엔 손양 국민학교 전설의 무용 선수 의기가 있지 빨래터 요정 견우와 직녀 주인공은 오롯이 의기 담당, 무용으로 이름 날리던 시절이 있었지 호리호리 꽃잎 같았지 가슴께 쌓인 시오 리 눈길 걸어 혼자만 학교 출석했지 전쟁 끝난 학교 천막 안 하늘의 별은 의기 눈 속에서 빛났지 딸 다섯의 막내 고등학교엔 끝내 갈 수 없었지 낮엔 농사일 밤엔 학교 가야지 하면서 옥양목에 수를 놓았지 모란과 원앙이 자유로이 날던 침대보는 농 속에서 깊이 잠들었지 선보고 떠밀려 간 시집 가진 게 빚 종갓집 맏이 홀어머니 시동생들…… 옹기종기…… 종합선물세트 같았지

　어느 날부턴가 티브이 앞 무언가 받아 적는 의기 여사, 생활의 지혜는 모두 공책에서 나오지 크릴오일 보스웰리아 뉴질랜드초록입홍합 무엇이든 물어보세요 아버지가 지어 준 이름은 의익, 국민학교 다닐 땐 의기, 등본 떼 보니 의부, 그것이 부끄러워 선부로 고쳤다가 선익이었다가 이름만 부르면 인생 꼬인 게 별난 이름 탓이라며 한숨 쉬는 의기 여사 그래도 한 번도 고향 떠난 적 없는 여든 해, 그 이름도 당당한 의기양양

폐석장에서 길을 잃다

돌산을 헤치고 네발로 기어오르면 멀리 신작로엔 레미콘이 지나갔다 레미콘! 먼저 외치면 이기는 게임을 했다 트럭이 연신 쿨럭이며 지나갔다 손 흔들면 아까시 향기가 달려와 말을 건넸다 우리 잎 따기 놀이 할래? 홀짝홀짝 잎따다가 짝이 나오면 이기는 게임을 했다 폐석장은 광산촌 아이들의 거대한 놀이터 그 많던 돌들은 어느 우주 아래 먼지가 되었을까 캄캄한 세월 건너온 아까시나무들 어느 동산 아래 잠들었을까 지금도 만져지는 돌의 모서리 사금파리 같은 시간들

자욱한 흙먼지를 타고 하나 둘 집이 비어 가고 자본의 이름으로 캐내진 광석의 경로를 따라 아이들이 도시로 떠나갔다 철이 들지 않은 영혼 돌아와 폐광 입구를 보고 있다 푸른 먼지 자욱한 이곳은 광부들의 숲 폐석장에 바람과 새의 조문이 당도하고 있다 네발로도 닿지 못할 까만 눈동자 사이로 레미콘이 지나간다 아버지도 작은아버지도 가서 다시는 돌아오지 못한 광산 그 돌들의 무덤 속에서 까무룩 길을 잃는다

아버지의 엑셀

예순 넘어 면허 따신 아버지
중고 엑셀 자동차 한 대 장만하셨다

이른 아침이면 마당에 나가
차를 닦으셨다 낯선 콧노래 부릉부릉 흘러나왔다

못투성이 고단한 몸과 연장을 실어 나르던
아버지의 엑셀은 지치지 않는 펌프 같았다

속이 좋지 않다고 동네 병원을 다녀오신 아버지
암 그림자 몰래 싣고 큰 병원 찾아가셨다

넓은 주차장 한구석
엑셀은 묵묵히 여름을 나고 찬 서리를 맞고 있었다
아무도 임종을 보지 못했다

그날 이후 시동이 걸리지 않던 자동차
나는 그가 간 곳이 단지
폐차장이 아니라는 것을 믿는다

불화의 시간

불같이 화를 내다 사그랑이 불꽃이 되어 가요 불화란 지는 것 누가 와서 이 불 좀 꺼 줄래요? 아버지는 아직도 너구리 굴에서 살아요 덕분에 여태 난 담배를 배우지 않았어요 불화도 학습이거든요 호모사피엔스 후예답게 불을 다뤄야 불화를 아는 건데 자주 답답해요 끝내 아버지는 병과 불화한 채 연기가 되었어요 나는 나와 불화한 채 불금에 술을 마셔요 불화란 나를 기울이는 것 나는 수요일에 태어나 수심에 잠기길 좋아해요 튜브만 있으면 종일 바다에 떠 있을 수도 있어요 붕어처럼 차를 마셔도 우울이 우물처럼 깊어요 도장 파는 아저씨가 이름에 불 화(火) 두 개쯤은 넣어 줘야 한대요 사주에 불이 없어 돈이 새니까 그러니까 나는 시루에 새는 물이었던 거죠 화끈하게 불 화(火) 두 개를 팠어요 꽃도 아닌데 이름에 꽃 영(榮)을 넣으니 어디서 새가 날아와 재잘거려요 서영(書榮)이가 되어 살아 볼까 하는데 시는 오지 않고 오늘은 화요일 하필 유튜브에서 화요일에 비가 내리면 노래가 흘러나와요 이런, 불콰하면 지는 건데 어서 빙하의 시간으로 돌아가야겠어요 불화의 시간 지나 태어나지 않은 수요일 속으로

장승리

  장승리(長承里)는 양양 서면(西面)에 있고 사람보다 집이
많아 생각도 많다 시인의 이름도 아니고 장승도 가고 없
지만 한때 번영으로는 누구에게도 지지 않던 곳이다 철
든 동네였지만 철 없어진 지 오래인 장승리에서는 시간
이 거꾸로 흐른다
  죽은 사람들이 절벽에서 걸어 나온다 울타리 없는 사택
들 따개비처럼 붙어 있다 신작로 난전엔 철철 넘치는 흥
정이 있다 다리 아래 빨래터엔 소문이 번개처럼 구워진다
분교엔 허허 웃는 머리 허연 선생님 팔에 철 가루 같은 아
이들이 달라붙는다 목욕탕 극장 이발소 양지마을 출렁다
리도 여전히 관절을 앓는다
  푸르른 날 더 푸른 철광산 부르면 잿빛으로 길게 이
어지는 하늘 아래 있지만 없는 것들로 가득한 이상한 철
의 나라 녹슨 강삭철도처럼 울지 않는 도르래처럼 굳건
한 그 이름

연어

언덕 위 파란 대문
미란이네 사랑채까지
한바탕 소나기 같던 집은 사라지고
손바닥만 한 터에 쪽파만 고요하고

미루나무 두 그루가 말하길
여기가 분교였다고
아이들이 떠난 자리
여전히 졸업 못 한 새들이 다닌다고

때보다 사람이 많던 목욕탕
광산상회 와글와글 놀이터 폐석장
오월의 푸른 호밀 바다가 되었고

막다른 도로 끝
철갑 두른 검은 절벽
기계 돌아가는 소리
감독 호루라기 소리

숲에서 뻐꾸기가 울 때

귀먹은 구름이 딸꾹질하고
긴 터널 지나온 달팽이관 속에도
거짓말처럼 호밀꽃 필 시간

비어 있다는 것은
가득 차 있다는 것

여전히 봄비는 강물 따라

떠난 것은 반드시 돌아온다

제4부

파랑

살아가는 건 파랑을 마주하는 일

파랑주의보로도 어쩔 수 없는 파랑이 여울져 밀려들 때 파랑 속 많은 파랑들 저마다 새파랗게 질린 표정으로 파랑은 본래 없는 색이라고 투명 위에 덧댄 투명은 불투명이라고 마음을 들여다보라고 소리친다

ㅍ은 엎어치기 좋아서 ㄹ은 마음속 구절양장이어서 ㅇ은 출구가 없어서 ㅏ ㅏ 나는 강시처럼 팔을 앞으로나란히 걸어가며 파랑을 생각한다 좋은 건 이유 없음 하늘이 그냥 파랑이듯 파란 월요일 낭랑한 달빛이 휘파람 분다 파랑은 신호등이고 우울의 명랑 버전에 호미고 삽자루다

파다 보면 아무것도 없는 것 이 생을 다녀가는 주문 파랑, 파랑의 얼굴을 깨닫는 순간 파랑주의보는 흩어지고 허무가 노래하고 서늘한 표정의 그림자, 어스름 한 여자 우두커니 물속에서 흔들리고 있다

앞으로 앞으로

　지구는 둥그니까 자꾸 걸어 나가면 온 세상 어린이들 다 만나고 오겠네 노래는 직진이고 동심은 둥글다 지구는 둥그니까 자꾸 걸어 들어가면 지각 맨틀 핵을 다 만나고 오겠네 지각의 주름살이 바다와 육지라면 핵의 중심엔 철이 산다네 나침반이 북극을 가리키는 이유지 철 든 지구에 철없는 인간들 모여 영원히 살 것처럼 앞으로 앞으로

　몸에 가위를 붙이는 사람을 보았지 우린 모두 자석이지 밀고 당기는 별 속의 별 가루들이지 태양의 반대편 북극에 오로라가 피는 이유도 지구가 꼬리별인 것도 자기 꼬리(magnetic tail) 때문이지 지구라는 커다란 자석에 모여 든 철가루들 앞으로 앞으로 걸어 나가면 온 우주 속살 다 만나고 오겠네

구월, 길상사

성북동 길상사
일주문 들어서면
두 팔 벌려 반기는 관세음보살
아니 관세음보살 닮은 성모
목탁 소리 물소리 향냄새
경내는 온통 붉은 꽃무릇 세상
무릇 천억과도 바꿀 수 없다던
백석의 시 한 줄기 동맥처럼 푸르다
엇박자 삶을 부축하는 잎과 꽃 너머
한 방향만 바라보는 의자
'맑고 향기롭게'
살아가는 일이 저 수도자와 같아서
마음 앉혀 놓고 다독이는 일
함부로 집 짓지 말자고
진작 혀 불살라 버리자고
합장도 기도도 계곡물에 내려놓는다
해는 기울고
삼각산 뿔 같은 그림자 짐승 하나
가파른 언덕길을 내려간다

조용한 파문

지금 지구의 모든 불행한 일들이 신의 트릭이라면
저 먼 네팔의 일들이 차라리 히말라야의 착시라면

구겨진 땅 주름을 펴서 사람들이 걸어 나온다 무너지는
건 하늘이라고 땅의 일과는 무관하다고 국경일에 사람들
은 점심 식탁을 꾸리고 아이들은 재롱을 피우고 있다 도
심의 유적은 불행을 자랑하고 히말라야는 고산병을 앓지
만 사람들은 하나도 아프지 않다 저들은 억만년 전 공룡
과 악수하고 무당벌레의 비행 대열에 끼어 붉은 점으로
사라진다

더 무너지기 위하여 고난은 두꺼워지고 입체를 껴입는다
더 가난하기 위하여 불행은 갈라진 틈 사이를 노려본다
오늘은 어제의 일들을 기억 못 하고 현재는 미래를 설
계하라고 주문하지 않는다

인간보다 더 인간이고 싶지 않을 때 무한한 착시의 세
계로 걸어가 보는 일 그렇게 내가 아닌 내 속으로 걸어가
보는 일 조용한 파문이 해일로 밀려오는 박물관 관람이 끝
나 갈 때

못 가 본 네팔 꿈만 꾸던 히말라야 만년설이 거대한 눈
보라로 눈앞에서 무너져 내렸다

●조용한 파문이 해일로 밀려오는 박물관: 제주트릭아트뮤지엄.

어스 아워

스위치 없어 잠 못 드는 별들
아파트 창문들 거리의 네온사인들 미친 풍선들
—즐겁게 춤을 추다가 그대로 멈춰라

이제 불을 끌 시간 나를 위해
한 시간만 스위치 눌러 줄래?
내 낯빛이 초록인 걸 잊은 그대여
뱀의 붉은 혓바늘처럼 날름거리는 열선들
내 몸은 점점 타들어 가고 있어

눈 감고 어둠에 주파수 맞추어 봐
네 눈빛 속 푸른 반딧불이
머나먼 별에서 타전한 엽서를 읽을 수 있어
맑고 부드러운 눈동자 탱글탱글 굴러가
씨앗이 되고 열매가 자라는 마술

내 몸이 천천히 식어 갈 동안
먼 데서 플라스틱 해산한 고래가 돌아오고
철새들 석양에 젖은 날개 털고 날아오르는데
애도는 한 자루 촛불이면 충분해

지금은 어스 아워(Earth Hour)
대지의 숨빛만으로 촉촉한
너와 나의 약속이
촛불처럼 따스한 시간이야

반도네온

버튼을 누르면 계단이 펼쳐졌지
탱고가 흘러나와 밤새 춤을 추었지
아르헨티나만큼 멀고 무덤만큼 가까운 이름

골목이 접히면 술래도 사라지고
혼자 남은 아이
피아노 학원 계단을 오르락내리락
미련이 따라와 박스에 건반을 그려 넣었지

마음은 언제나 높고 낮아지려나
저 반도네온같이
후회는 왜 돌아갈 수가 없나
자궁을 빠져나온 아기 울음같이

당신 무릎 위에서 나는
강약중강약 들숨 날숨 내쉬다가
구부러진 등이 바닥과 만나는 날
모든 주름 편히 내려놓겠네

커튼콜이 끝나고

덩그러니 의자에 남은
뮤직 박스 하나

브라보 유어 라이프

　그 밤 양철 지붕엔 밤송이가 부서져 내렸다 메트로놈처럼 박자를 세던 나는 무서웠고 자주 발등을 찍혔다

　그 밤 무슨 말을 했던가 툇마루에 앉아 멀뚱멀뚱 그녀가 타 주는 커피만 삼켰던가 어제는 신당의 보살이었던 그녀가 내일은 모텔의 청소부라며 웃었던가

　방울이며 북이며 그녀를 통해 울던 것들은 버려졌고 활옷이며 장신구들은 아궁이 속으로 들어갔다 자주 콜록거렸으며 긴 한숨이 다녀갔다

　슬펐던 건 앞으로 그녀를 볼 수 없다……는 것보다

　그녀를 찾아가던 숱한 언덕배기 골목과 축 처진 담벼락들 우거진 잡초들 속에 아무렇게나 피어 있던 금계국이나 개망초 따위 개들이 컹컹 짖었고 고양이들이 어슬렁거리던 재개발 지구엔 흉곽을 드러낸 집들이 많았으며 별빛이 휘청거렸고 맞은편 고층 건물 전광판엔 브라보 유어 라이프 큼지막이 빛났다……는 것보다

　막다른 골목 같았던 그녀가 타 주는 커피를 더 이상 마실 수 없다……는 것 달달했으며 배불렀던 그 위로를

이제 그녀의 아이들은 마음 놓고 학원도 다닐 수 있게 되었다 어두운 골목길을 따라오는 달빛이 브라보 유어 라이프를 내내 읊조리고 있다

미시감

물길이 있어 오가던
흔적은 돌마다 녹조로 남았다
자갈을 씻으며
말라죽은 수초를 떼 낸다

버리지 못한 수족관
공백을 견디는 일
온도를 맞추지 못했거나
방백을 듣는 귀가 없어서

구피가 떠난 자리
무지개가 사라지고
몸속 흑점들
말줄임표처럼 흔들린다

잃고 나면 앓게 되고
모르는 일이 된다
그게 나인 듯 당신인 듯
차오르는 미시감

아무리 씻어도
자갈의 녹조가 사라지지 않는다

작약을 심겠다

올봄엔 작약을 심어야지
작약 두 뿌리 사서
하나는 밭에 심고
하나는 마당 살구나무 옆에 심어야지

밭매다 지쳐 바라보면
함박웃음 거기 있어

부르는 것만으로
귀가 열리고 꽃술에 들어앉아
봄이 가는지 여름이 시작되는지 아득한데

너라는 작약은
마음속 이미 활짝 핀 작약은

눈꽃

나무는 꽃을 잊은 적이 없다

기슭

흙들이 밀려나고 돌멩이가 굴러 내린다
중심에서 흐트러진 대열의 낙오
비탈에 선 나무들도 가끔
눕고 싶은 곳이 있다

큰대자로 뻗고 싶어
링 위에 오르는 복서처럼
끄덕이며 인정해야 할 순간이 있다

그물망 사이로 돌들은 안간힘을 써 봐도
무심한 고속도로는 귀 기울이지 않는다

그 순간 당신이 지나갔을까

마음이 난파선같이 부서지는 날
기슭이란 말을 들으면
긁적긁적 등이라도 긁어 주고 싶은
생의 웃목들

한때 푸르렀던 중심에서 벗어나

비탈은 기슭이 되어 간다

기슭은 바닥의 또 다른 이름
바닥에 고요한 심장 누일 때
유채꽃 만장처럼 펄럭인다

여수에 집 있다

전세 끼고 옆구리 대출 끼고
것도 세 채씩이나
두 채는 엎드려 팔고 한 채 남았다
팔아도 팔아도 잔고가 쌓이지 않는 집

빛나는 세금 졸지에 부자
눈덩이 같은 이자가 나를 때렸다
아무에게도 말하지 못했다
나의 자랑이 되지 못한 여수

바다를 굽어보며 관절을 앓는
언덕 위 아파트 단지
집 사느라 딱 한 번 가 본 여수
솔깃솔깃 투자가 맛있는 여수
옆구리 애인 끼고 가야 할
여수 밤바다 날마다 벚꽃 엔딩
엔딩 크레딧처럼 가면 일어서지 못할 여수
로맨틱 판타스틱은 여수를 모르고 한 말

북쪽은 그리워 않으리

쳐다보지도 않으리
여기서 멀어 황홀한 여수
멀면 멀수록 끌리는 당신처럼
깊은 밤 혼자 듣는 파도 소리처럼
눈 감고도 부르는 여수
솔미솔도 라도도솔 솔도레미 레도레

알고 보면 얼마나 많은 여수를 지나왔던가
목젖 차오르는 골목 끝
아무도 어깨를 부딪치지 않을 여수
아무것도 아닌 내가 쓰러져 울다 잠들
빈 의자 옆구리 같은 여수

나 여수에 집 있다
아직은 꿋꿋한 내가 있다

울지 않는 동쪽

영동과 영서
이름을 가르는 고개들
생의 절반을 넘나들었다

태어난 동쪽보다 살아온 서쪽이 더 익숙해서
처마까지 쌓인 눈에 대해 말할 때
북한 말투라는 지적도 듣지 않게 되었다

눈이 슬플 때도 있었지 그해 겨울
면사포 사이로 신부의 젖은 눈썹이 떨어졌다
버스는 대관령을 넘지 못해
하객은 폭설처럼 서쪽에만 들끓었다

새벽 한 시 폭우 속 한계령을 넘을 땐
아버지 위독보다 오싹한 어둠 때문에 울었다
고개는 낮아져도
그리움은 높아만 갔다

웃음은 당신 얼굴에 뜨는 해
울음은 내 앞에만 지는 노을이어서

나는 서쪽에서만 울었다
고개 넘으면 거짓말처럼 울음이 멎었다

화양연화

먼 길 달려온 강이 몸을 풀고 있다

새우등을 펴고 저도 한숨을 돌리고 있다

봄빛이 수다를 산란하는 강가

얼음이 봄빛에 귀를 잡혀 떠내려간다

소인국 주민이 밭둑에 불을 놓는다

아랑곳 않고 한뎃잠을 자는 염소 한 무리

나는 다만 굽어보는 것이다 강 너머

화양강 휴게소 국수 한 그릇 시켜 놓고

우수(雨水)라는 말을 풀피리처럼 불어 본다

사라져 가는 것을 기억하고 기록하는
시인의 존재론

유성호(문학평론가)

1. 혼란에 맞서는 한순간의 버팀목

신은숙의 첫 시집 『모란이 가면 작약이 온다』는 등단 7년
만에 펴내는 시인의 인생론적·미학적 고백의 기록으로 우
리에게 다가온다. 시인은 특유의 사랑과 그리움의 시간을
점착력 있게 소환하면서 삶의 가장 내밀한 근원에서 길어
올린 기억의 풍경첩을 선연하게 보여 준다. 그 기억으로부
터 올올이 풀어낸 순연한 마음을 들려줌으로써 그녀는 존
재론적 기원(origin)에 관한 투명한 사유와 회상을 우리 마
음으로 흘려보낸다. 그런가 하면 그 세계 안에는 오랜 시간
의 결을 매만지면서 스스로 번져 갔던 삶의 고통에 대한 깊
은 성찰과 반추도 들어 있다. 하지만 이 모든 것이 감상(感
傷) 과잉이나 서투른 커밍아웃에서 벗어나 있다는 점은 신
은숙만의 미덕이 아닐 수 없다. 그만큼 그녀의 시는 공감적

이고 보편적이며 오롯한 품격을 지니고 있다. 일찍이 프로스트가 시를 두고 "혼란에 맞서는 한순간의 버팀목(A momentary stay against confusion)"이라고 했거니와, 신은숙의 이번 시집은 내면의 혼란을 수습하고 견딤과 치유의 순간을 스스로에게 부여한 결실이라고 할 수 있을 것이다. 아닌게 아니라 그녀는 삶의 고백이라는 서정시 제일의(第一義)의 기율을 충족하면서도 시인으로서의 흐트러지지 않는 절제의 위의(威儀)를 잃지 않는다. 첫 시집이지만 원숙하고도 격조 있는 문채(文彩)가 반짝이는 것은 그 점에서 단연 그녀 시의 매혹이요 의미가 아닐까 생각해 본다. 그 매혹과 의미의 흐름을 따라 첫 시집 안에 담긴 시적 형상의 심층을 만나 보도록 하자.

2. 기억과 그리움의 축도(縮圖)

이번 첫 시집에서 신은숙은 자신의 존재론적 기원과 고통, 그럼에도 불구하고 지속될 수밖에 없는 사랑과 그리움의 에너지에 대해 충일하게 노래한다. 가령 그녀는 자신이 써 가는 '시(詩)'야말로 삶의 구체적 표현이요 내밀한 심정 토로의 양식이라고 믿으면서 자신이 살아온 날들을 섬세하게 재구(再構)해 간다. 그만큼 이번 시집은 그녀가 통과해 온 시간들에 대한 재현의 공력을 담으면서, 그 안에서 소용돌이치는 기억의 풍경에 열정을 바치는 시인의 모습을 또렷하게 각인한다. 이때 신은숙은 과거의 시간을 추스르고 응시하는 생의 형식에 대해 깊은 질문을 하는데, 삶을 구성

하고 전개해 가는 근원적 질문으로서 그녀는 자신만의 '시'
를 써 가게 되는 것이다. 다음 작품을 먼저 읽어 보자.

설악 바다에 와서
서랍을 떠올리네
좋았던 시절은 다 서랍에 있네
칸칸이 꽃피고 살림하느라
반짝이는 서랍들

풍랑 이는 바다를 보지 못했네
밀치고 당기다가
튕겨 나간 못과 생채기들
서랍째 바다에 버렸더니
도로 떠올랐네

섬이라는 혹
너라는 참혹

바다도 서랍과 같아서
밀고 당기는 일이 숙제와 같아서
한 생이 지나가면 다른 생이 오듯
가만히 등을 쓰다듬는 파도라는 큰 손

설악 바다에 와서

나를 열어 보네
칸칸 서랍마다 부릅뜬 눈알들
왜 바다를 보면 작아지는지
모래알처럼 부서져 내리는지

　　　　　　　　　　—「서랍 바다」 전문

　'설악 바다'는 시인에게 퍽 익숙한 공간일 것이다. 여기서 발음이 유사한 '서랍 바다'를 떠올리는 시인의 언어 감각은, 좋았던 시절이 모두 '서랍' 안에 담겼고 그 '서랍'은 칸칸이 살림의 빛으로 반짝일 뿐이라는 시상(詩想)으로 나아간다. 시인은 "섬이라는 혹/너라는 참혹"처럼 밀고 당기다가 생겨난 못과 상처들을 서랍에 담아 바다에 버렸지만 그것들이 다시 떠올라 자신의 생애를 관통해 간다는 것을 고백한다. 그렇게 바다는 '서랍'과 같아서 자신을 "밀고 당기는 일"이야말로 숙제처럼 끝나지 않는다. 그러나 "한 생이 지나가면 다른 생이 오듯" 파도는 가만히 등을 쓰다듬는 "큰 손"으로 다가와서 시인으로 하여금 한없이 작아지고 부서지는 운명을 느끼게끔 해 준다. 이때 시인은 '서랍'을 밀고 당기듯 다가오는 파도를 통해 '너'라는 참혹한 상처를 지나 "큰 손"이 자신을 보듬어 주는 순간을 바라보는 것이다. "언젠가 사라질 운명 같은"(「엄마는 봉다리라 불렀다」) 시간을 지나 신은숙은 "살아가는 건 파랑을 마주하는 일"(「파랑」)임을 지치지 않고 노래한다. 그 과정에서 바다의 식솔답게, '설악 바다'의 내면적 등가물로서의 '서랍 바다'를 우리에게 보여

준다. 삶을 구성하는 근원적 원리로서의 '시'가 이렇게 쓰여
짐을 그녀는 우리에게 탄력 있는 언어 감각과 사유를 통해
들려준 것이다. 다음은 어떠한가.

나는 작약일 수 있을까,

문득 작약이 눈앞에서 환하게 피다니
거짓말같이 환호작약하다니

직박구리 한 마리 날아간 허공이
일파만파 물결 일 듯
브로치 같은 작약 아니
작약 닮은 앙다문 브로치 하나
작작 야곰야곰 피다니

팔랑, 바람이 불어올 때마다
작약은 귀를 접는다
그리운 이름일랑 죄다 모아
저 귓속에 넣으면
세상의 발자국도 점점 멀어져
나는 더 이상 기다리는 사람이 되지 않으리

산사에 바람이 불어
어떤 바람도 남지 않듯

이번 시집의 표제작이기도 한 이 시편은 '모란'과 '작약'의 표상을 내면의 형상으로 끌어올려 시인 자신의 정서적 상황을 보여 준다. 그 정서는 '그리움'으로 환원되는 어떤 것인데, 시인은 문득 피어나는 '작약'의 '환호작약'을 열망하지만 "직박구리 한 마리 날아간 허공"에 어느새 "물결 일 듯" 피어난 "브로치 같은 작약" 혹은 작약 닮은 브로치 하나를 발견할 뿐이다. 작약은 바람이 불 때마다 그리운 이름을 모아 접은 귀에 넣는다. 이때 시인은 "더 이상 기다리는 사람이 되지" 않을 것이라고 다짐하지만, 작약은 "어떤 바람도 남지 않듯" 그리움과 기다림을 역설적인 일용할 양식으로 변형하여 '시인 신은숙'을 감쌀 뿐이다. 다른 작품에서도 시인은 "너라는 작약은/마음속 이미 활짝 핀 작약"(「작약을 심겠다」)이라고 하지 않았는가. 아마도 시인은 "마음이 난파선같이 부서지는 날"(「기슭」)에도 오래도록 "내가 오래전 당신인 듯 당신이 오래전 나인 듯"(「홀로그램」)한 그리움의 마음을 "천년을 못다 한 노래"(「선운사」)처럼 이어 갈 것이다. 여기서도 시인은 '설악/서랍'처럼 '작약(芍藥)/작약(雀躍)/작작' 같은 언어유희(pun)를 통한 상상의 구축 과정을 펼쳐 읽는 이로 하여금 언어가 존재를 생성하는 원리임을 알게 해 주고 있다.

말할 것도 없이 서정시는 진솔한 자기 고백과 자기 확인을 일차적 창작 동기로 삼는 양식이다. 따라서 그것은 철저

하게 시인 내면의 성찰과 다짐을 매개로 하여 쓰이게 마련이다. 그만큼 서정시의 저류(底流)에는 시인이 오랫동안 겪은 절실한 경험 가운데 가장 깊은 기억의 층이 녹아 있는 경우가 많다. 그 시간의 층에서 시인은 회상과 예감을 숱하게 치러 가면서 현실 질서의 재현보다는 상상적 질서의 탈환 과정을 더 선명하게 보여 준다. 그래서 시인들은 단호한 행동보다는 흔들리는 꿈의 속성에 더 친화적이며, 기원에 대한 기억과 동질적 자기 확인의 과정을 치러 가는 것이다. 신은숙의 이번 첫 시집은 이러한 기억의 원리를 충실하게 구현한 사례로서, 시인 자신의 절실한 경험에 축적해 온 시간을 새로운 '작품 내적 시간'으로 전환하면서 그 내질(內質)을 기억과 그리움의 축도(縮圖)로 구축한 결실인 셈이다.

3. 존재론적 기원에 대한 사유와 표현으로서의 기억

모든 기억은 지나간 삶에 대한 사실적 재현에 머무르지 않고 시인 자신의 현재적 시선에 의해 선택되고 재구성된 어떤 것으로 나아간다. 그 점에서 시인이 선택하고 배치하는 기억이란 지금의 시인이 열망하는 생의 형식을 담고 있게 마련이다. 시인이 회상하는 기억은 이렇듯 지금 자신이 잃어버리고 살아가는 가장 아름다운 원형에 대한 그리움에서 발원되는 것일 터이다. 신은숙의 시는 단순한 나르시시즘을 넘어 어떤 존재론적 기원을 탐구하는 품을 깊고 넓게 보여 준다. 나아가 지상의 존재자들을 향한 지극한 사랑을 토로하면서 앞으로 펼쳐질 삶에 대한 실존적 의지를 노래

한다. 존재론적 기원의 탐색을 통해 그녀 스스로에게는 중요한 인생론적 성찰의 계기를 만들어 내고, 우리에게는 진정성 있는 주체가 들려주는 자기 탐색의 목소리를 듣게끔 해 주는 것이다.

언덕과 바다가
내외처럼 낡아 가는 동네
언덕 꼭대기 집어등 닮은 쪽창들
간밤 수다를 토해 놓으면
아침 바다 윤슬이 노래로 다독인다
어깨가 내려앉은 논골담
고샅엔 수국이 한창이고
폐가 담쟁이는
마당을 지나 지붕까지 힘줄을 엮는다
살아 푸른 건 거기까지
나폴리도 여기선 다방을 차리고
극장은 종일 필름을 돌려도
'돌아온 원더 할매' 혼자서 웃고 있다
모퉁이 돌면 고래가 쏟아지고
허공이 따르는 막걸리에 목을 축인다
오징어는 담벼락에서 빨래처럼 말라 가고
묵호야 놀자 했더니 용팔아 이눔 쉐끼
어매 빗자루가 날아온다
페인트칠 벗겨진 벽화들마다

마음이 펄럭인다

묵묵히 기다림의 자세로 눈먼

저무는 등대에 기대 바다를 보면

떠난 애인은 다 묵호여서

눈 감아도 묵호만 보이고

그 이름 부르면 비릿한 멀미

다시는 못 갈 것 같은 묵호

—「묵호」 전문

　동해안 항구도시 '묵호'는 시인의 고향과 가까운 거리에 있고 시인에게는 "언덕과 바다가/내외처럼 낡아 가는 동네"로 깊이 기억되는 곳이다. 간밤의 수다와 아침의 윤슬이 대조를 이루면서 "언덕 꼭대기 집어등 닮은 쪽창들"의 삶은 마당을 지나 지붕까지 힘줄을 엮는 폐가 담쟁이처럼 살아 있다. 하지만 딱 거기까지, 다방과 극장의 한산함, "허공이 따르는 막걸리"와 "페인트칠 벗겨진 벽화들"마다 펄럭이는 마음이 시인을 맞이할 뿐이다. 이렇게 "묵묵히 기다림의 자세로 눈먼" 등대를 환기하면서 시인은 묵호야말로 "떠난 애인"과 "그 이름 부르면 비릿한 멀미"를 떠오르게 하며 "다시는 못 갈 것 같은" 공간임을 고백한다. 하지만 우리는 그녀의 마음이 언제나 묵호에 남아 있을 "그리워할 수 있는 햇빛 가득한 시간들"(「하지 꼬리 잡기」)에 묵묵하고 호호(皓皓)하게 윤슬처럼 반짝이고 있을 것임을 어렴풋이 짐작할 수 있다. 이처럼 '묵호(墨湖)'의 기억은 시인으로 하여금 "당신

이 잘 보일수록 이별은 캄캄"(「오월에 내리는 눈」)하게 다가오
는 묵묵함을 던져 주고 있다.

　경포호 둘레를 따라 걷는다

　바람에 우는 비닐봉지 부서진 난간 노 잃은 나룻배 고개
꺾인 갈대들 산발한 버드나무 누군가 버리고 간 신발 한 짝
계절을 잊고 핀 개나리 지금은 겨울인데

　호수는 아득히 밀려나고 한눈팔기 좋은 곁이 있다는 건
무뚝뚝한 길에서 벗어난 한없는 소곤거림

　내 곁에 무엇이 있어 내가 되었던가
　앞으로 나아가지만 끝내 구부러지고마는
　무성한 곁들 아무렇게나 가지 뻗고 휘청거릴 때

　눈발은 풍경 밖에서 흩날리고
　입을 다문 호수는 푸르기만 하네

　호수 한 바퀴 돌다가 혼자가 아닌 모든 곁들
　눈을 달아 주고 오래 바라보는 일

　멀어져야 보이는 곁이 있다
　　　　　　　　　　　　　　　　　　　—「곁」전문

겨울 경포호 둘레를 따라 걷는 시인의 모습은 묵호를 거니는 마음과 닮았다. 그 주위에는 한결같이 울음 울고 부서지고 잃어버리고 꺾이고 산발하고 버려지고 잊혀진 존재자들로 가득하다. 그러나 시인이 걷는 호수는 "아득히 밀려나고 한눈팔기 좋은 곁"이 있어 한없는 소곤거림으로 다가오기도 한다. 이때 '곁'이란, 버려지고 잊혀진 것들을 한순간에 복원하는 따스한 기억과 상상력의 거소(居所)일 것이다. "닳는다는 말의 저편에 다시 일어서는 보풀들"(「일어나라 보풀」)처럼 말이다. 시인은 곁에 그 무엇이 있어서 자신을 가능하게 했는지를 물으면서 결국에는 구부러지고 말 "무성한 곁들"이야말로 생의 고비 때마다 자신과 함께했음을 고백한다. 그것은 모든 사랑하는 존재자들과 함께 "적막해지는 일"이자 "귀보다 마음이 먹먹해지는 일"이었을 것이다(「추전역」). 그렇게 "혼자가 아닌 모든 곁들"에 눈을 달아 주고 그 곁을 오래 바라보는 일이야말로 시인의 '시 쓰기'와 등가의 몫이 아니었겠는가. "멀어져야 보이는 곁"이 바로 신은숙의 시적 수원(水源)이었던 셈이다. 비록 "반짝이던 날들의 만국기, 교장 선생님의 긴 훈화도 사라지고"(「히말라야 시다」) 말았지만 그렇게 기억의 거처들은 "지금도 만져지는 돌의 모서리 사금파리 같은 시간들"(「폐석장에서 길을 잃다」)을 이렇게 만나게끔 해 준다.

주지하듯 서정시는 새롭게 구축한 '시적 시간'을 통해 시인 자신으로 귀환하는 일종의 회귀적 속성을 견지한다. 어떤 시편이 시간의 초월을 지향한다 할지라도 그것조차 지나온 시간에 대한 가치판단을 담고 있는 것이다. 그만큼 서정시는 시간에 대한 경험적 재구성의 양식이라고 할 수 있다. 혹자는 우리 시대를 폐허와 절멸의 시대라고 말하지만, 우리는 아직도 이렇게 서정시를 씀으로써 시간에 대한 재구성 과정을 통해 세상을 역설적으로 견뎌 간다. 신은숙은 '묵호'와 '경포호'의 기억을 통해 "고향이라는 우주/그 심연에 피는 씨앗들"(「코스모스라는 별」)을 보여 줌으로써 '시인'이란 오랜 시간의 기억을 순간적 함축 속에 재구성함으로써 폐허와 절멸의 시대를 견디게끔 해 주는 언어의 사제임을 알려 준다. 그리고 그 안에 존재론적 기원에 대한 사유와 표현으로서의 기억이 농밀하게 흐르고 있는 것이다.

4. 사라져 가는 것들의 기억과 기록

이렇듯 신은숙은 사라져 가는 것들에 대한 지극한 사랑과 관심의 끈을 놓지 않는다. 시인은 자신이 살아온 시간들을 되새기고 나아가 그 시간에 대해 자신만의 고유한 의미를 부여해 간다. 그 시간이 남긴 문양이야말로 시인이 노래해야 할 직접적 생의 형식이고, 그녀의 시가 품고 있는 가장 중요한 원질일 것이기 때문이다. 그 점에서 서정시는 영락없는 '시간예술'이며, 신은숙의 시도 전형적인 시간예술로서의 속성을 보여 준다. 그만큼 그녀의 시에서 '시간'이란 충분히 가라앉은 시선에 의해 감싸여 있고, 그녀의 시에 들어앉은 풍경이나 사유는 충분히 견고하다. 이러한 발화를 통해 시인은 그 스스로 겪어 온 경험들을 나지막하게 들려주고,

이러한 기억의 언어를 통해 자신이 살아온 삶을 성찰하고, 우리가 잊고 살아가는 가치들에 대한 새삼스런 발견의 감각을 보여 준다. 서정시의 존재 양식이 인간의 내면에서 잊혀진 것들을 새롭게 환기하는 힘에 있다면 신은숙의 시가 바로 이러한 시적 존재론에 깊이 닿아 있는 사례일 것이다.

눈 내린 사북 거리

미용사는 일찍이 은하로 떠났는지
흰 슬레이트 검은 페인트 간판 하나
허공을 붙잡고 있다
사북 거리는 온통 간판만 운행 중이다
시몬이발소도 시몬이 떠난 지 오래다

빠마 고데 신부화장
벗겨진 선팅지 너머
꼬불거리고 빛나는 머릿결 쓸어 올린
눈 같은 신부가 앉아 있다
푸른 눈두덩 새빨간 입술
안개꽃 드레스 입고 웃고 있다

신부는 아직 사북에 남았을까
탄가루 날리는 봄
멀리 우는 함백역

기적 따라 떠났을까

미용실도 헤어숍도 아닌 미장원
가위 소리 사라졌어도
검고 흰 기억들만 교차하는
사북 거리

나도 한때 푸른 은하였다

—「은하미장원」 전문

　눈 내린 '사북 거리'의 '은하미장원'과 '시몬이발소'는, 묵
호의 극장이나 다방처럼, 경포호의 버려지고 잊혀진 사물
들처럼, "흰 슬레이트 검은 페인트 간판 하나"만이 허공을
붙잡고 있는 부재의 풍경으로 다가온다. 간판만 운행 중인
'사북 거리'는 벗겨진 선팅지 너머 "꼬불거리고 빛나는 머릿
결 쓸어 올린/눈 같은 신부"만이 처연하게 앉아 있다. 탄가
루 날리는 봄 함백역 기적 따라 떠났을 것만 같은 그 "안개
꽃 드레스"의 신부도 이 거리의 스산함을 반어적으로 보여
줄 뿐이다. 그렇게 검고 흰 기억들만 남은 거리는 "나도 한
때 푸른 은하"였음을 웅변하고 있다. "울음 끝 긴 날들"(「장
미, 장마」)을 통과하고 "녹슨 강삭철도처럼"(「장승리」) 사라져
간 시간들, 사람들, 풍경들을 애잔하게 기억하고 소환하는
신은숙의 시선이 "대지의 숨빛만으로 촉촉한/너와 나의 약
속"(「어스 아워」)을 지켜 가는 '시인'으로서의 직임을 다하는

듯하다. 그렇게 '시인'이란 사라져 가는 것을 기억하고, 그
기억을 기록하는 사람이다.

살아진다는 말은 사라진다는 말

너 없이 살아진다고 썼는데 사라지는 나를 보았다
그때 나의 무게는 고작 21그램
돌아갈 별이 있다는 것은 돌고 도는 우주의 셈법
사라진다는 말은 살아진다는 말의 입버릇

노을이 사라지는 발코니에 매달려
소멸이 왜 아름다운지
개와 늑대의 시간엔 한 번쯤 짐승으로 돌아가
어둠이 사라질 때까지
울음만으로 완벽한 득음의 귀였다가

너 없이 살아질 동안
사라지는 나는 너의 다른 얼굴

견딘다는 말은 이유도 모른 채 태어난 이유
아직은 바라볼 별빛이 있다는 말

자꾸 태어나는 마트료시카들

—「사라짐에 대하여」 전문

"살아진다는 말은 사라진다는 말"과 같다. '살아짐'과 '사라짐'의 등가성은 시인으로 하여금 "너 없이 살아진다고" 쓴 말 속에서 "사라지는 나"를 바라보게끔 해 준다. 그때 결국은 가벼운 영혼의 무게로 돌아갈 '나'는 "사라진다는 말"을 또 "살아진다는 말"로 바꾸어 놓는다. 그리고 노을이 사라지는 발코니에 매달려 노래하기 시작한다. 소멸이 왜 아름다운지를, 한 번쯤 짐승으로 돌아가 어둠이 사라질 때까지 말이다. "너 없이 살아질 동안/사라지는 나는 너의 다른 얼굴"임을 노래하는 시인의 모습은 아직은 바라볼 별빛이 있어 "자꾸 태어나는 마트료시카들"처럼 때로는 살아지고 때로는 사라져 간다. 비록 "가슴엔 온통/비바람에 깎인 절벽들"(『한계령』)이지만 그 안은 "무량한 바다 빛으로/출렁이는 손짓들"(『선운사』)로 가득하고 "울음을 둥글게 뭉치는 힘"(『울기 좋은 나무』)이 깊이 출렁이고 있지 않을 것인가. 이렇게 사라져 가는 것들의 기억과 기록을 담당하고 실행해 가는 시인의 존재론은 아름답고 쓸쓸하고 웅숭깊다.

지금까지 천천히 읽어 온 것처럼, 신은숙의 첫 시집은 진솔한 존재론적 기원에 대한 탐색과 절절한 사랑의 시학에서 발원하고 완성된다. 신은숙은 이러한 견딤과 위안을 주는 치유와 긍정의 기록을 첫 시집에 단정하게 실었다. 물론 그것은 폐허와 상처의 잔광(殘光)을 통한 안간힘의 기록으로 남았다. 좀 더 확장해 보면, 상처를 감싼 사랑의 기억이 그녀의 존재 형식을 그대로 담은 정신운동이라고 해도 지나치지 않을 것이다. 그만큼 그녀의 시는 지난날들을 일일이 호명하면서 그 안에서 사랑으로 나아가려는 의지를 선명하게 보여 준다. 비록 고독 때문에 시를 쓴다 하더라도이 깊고도 지속적인 긍정의 시 쓰기는 인간의 근원적 존재형식에 대한 탐구 작업으로 끝없이 이어져 갈 것이다. 이처럼 『모란이 가면 작약이 온다』는 아득한 세월을 지나 고백과 긍정의 언어로 거듭나는 과정을 아름답게 담고 있다. 신은숙이 들려준 존재론적 기원에 대한 사유, 상처와 사랑의에너지를 통한 심원한 형상을 우리는 깊이 기억할 것이다. 또한 우리는, 첫 상(床)을 소담하게 차린 그녀가 더 깊은 미학적 진경(進境)으로 나아가, 두 번째 시집에서 더욱 심화된사유와 감각을 통해 우리에게 더 깊은 기억의 지층을 보여주기를 마음 깊이 희원해 본다.